Que dites-vous ... belle Riviere ? = C'est une
assez belle Rivier ... une Riviere de Province.

PARISIANA,

OU

Receuil d'anecdotes, bons mots, plaisanteries, quolibets, et ba-dauderies des parisiens, entre-mêlé de quelques notions sur la capitale.

Par un Goße-Mouche.

Veni, vidi et scripsi.

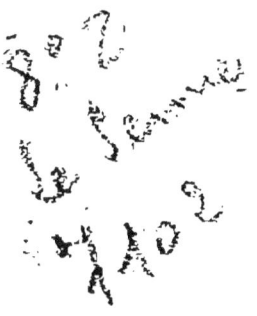 

A PARIS,

Chez TIGER, Imprimeur-Libraire,
rue du Petit-Pont St-Jacques, n°. 10.

AU PILIER LITTÉRAIRE.

DE L'IMPRIMERIE DE TIGER.

AVERTISSEMENT.

Avant de parler des Parisiens, nous croyons devoir dire quelques mots sur Paris, cette capitale du royaume de France, sur laquelle se modèlent, tant bien que mal, les autres villes de province :

Regis ad exemplar totus componitur orbis.

Nous ne fouillerons point dans la poussière des bibliothèques pour connaître son origine et ses fondateurs ; cette recherche n'est point de notre ressort ; d'ailleurs elle ne nous mènerait à aucuns résultats certains, jusqu'à l'époque où elle fut conquise par les Romains. Ces derniers l'embellirent d'un palais, l'entourèrent de murs, et y élevèrent deux forteresses situées, l'une où

A 2

était le grand châtelet, et l'autre sur l'emplacement où était le petit.

En 568, Clovis, 4ᵉ roi de France, déclara Paris la capitale de son royaume; devenant, par la suite des tems et le concours général des ars, du commerce et des emplois, le centre de tous les intérêts, elle comprit insensiblement dans son enceinte un grand nombre de bourgs et de hameaux qui l'environnaient autrefois.

Philippe-Auguste fit relever les murailles de cette ville, qui avaient été détruites dans les guerres avec les Normands, et les travaux de cette entreprise durèrent l'espace de 20 ans. Le même roi fit encore pour la première fois paver les rues de cette ville.

Les guerres des Anglais exigèrent de nouvelles fortifications; et ce fut sous le roi Jean que l'on creusa des fossés autour de cette ville, et qu'on éleva la Bastille. Ces travaux furent continués sous les règnes de Charles V et de Charles VI.

François 1ᵉʳ fit percer plusieurs rues,

abattre plusieurs édifices gothiques, et le premier en France fit revivre l'architecture grecque.

Les rois ses successeurs suivirent une partie des projets de ce prince, et cette ville reçut un accroissement prodigieux; des monumens s'élevèrent de toutes parts, et vinrent attester la grandeur et la majesté des monarques qui en firent la capitale de leurs états, et leur séjour habituel.

Pendant le cours d'une révolution dont l'objet était de tout détruire, et sous la tyrannie d'un usurpateur qui avait la manie de fonder des monumens pour perpétuer son nom, cette capitale s'est encore agrandie par de nouveaux monumens et des embellissemens de tous côtés que l'on continue encore aujourd'hui avec la plus grande activité, sous un roi aussi sage qu'éclairé, et dont l'unique passion est le bonheur de ses peuples, et l'encouragement des sciences, des belles lettres et des arts. -

Le receuil que nous offrons au public

lui donnera quelques notions certaines sur une ville qui semble être devenue la capitale de l'univers, par l'affluence des individus de toutes les nations qui viennent la visiter; il acquerra en même tems la connaissance des mœurs, des coutumes, des habitudes et des modes d'un peuple qui joue un des premiers rôles en Europe par sa civilisation, l'aménité, la politesse de ses habitans, et par ses succès étonnans dans les sciences et le arts.

On a qualifié du titre de badauds les habitans de Paris; sans entrer dans la discussion des raisons qui ont pu motiver une pareille épithéte, nous renverrons au voyage de Paris à St-Cloud par mer, et au retour de St-Cloud à Paris par terre (1), dont nous donnons cependant une courte analyse sur la fin de ce petit ouvrage, et qui justifiera si l'épithéte a été bien ou mal appliquée.

_____

(1) 1 vol. in 18. Paris, chez Tiger, imprimeur-libraire, rue du Petit-Pont, au pilier littéraire.

PARISIANA.

Badaw ou BADAUD. Les Parisiens, qui faisaient un grand commerce par eau, furent ainsi appelés : en langage celtique, *badaw* signifie homme de bateau.

La ressemblance de ce mot avec celui de *badaud*, qui, dans la même langue, signifie un sot, un niais, l'a fait confondre avec ce dernier, et on en a fait un sobriquet aussi faux qu'injurieux pour les habitans de la capitale.

DIALOGUE

ENTRE UN PARISIEN ET SON AMI.

L'AMI.

Vous voilà de retour de votre voyage; votre course a été un peu longue.

LE PARISIEN.

Cela est vrai. Que le monde es t grand

je ne me le serais jamais imaginé. Je donnerai un jour la relation de mon voyage, et je puis vous garantir d'avance que ce sera une pièce curieuse et intéressante.

L'AMI.

Je n'en doute pas ; cependant vous ne vous êtes guère éloigné de la capitale que de 5o à 6o lieues.

LE PARISIEN.

Je n'ai pas mesuré les distances ; mais je suis assuré qu'aucun de mes compatriotes n'a porté ses pas et poussé ses découvertes aussi loin que moi. J'ai traversé des fleuves, des rivières, des ruisseaux, j'ai franchi des montagnes, j'ai pénétré dans des forêts aussi vieilles que le monde. J'ai tout vu ; je n'ai rien admiré, il n'y a que Paris d'admirable. Il n'y a qu'à Paris qu'on sait vivre.

L'AMI.

Mais que dites-vous des mœurs, des coutumes, des habitudes et des modes des habitans des provinces que vous avez parcourues ?

LE PARISIEN.

Ne m'en parlez pas ; ce sont des gens qui se lèvent servilement avec le soleil, et qui se couchent quelques minutes après qu'il a disparu de l'horizon. Les heures de leurs repas sont distribuées à faire bonne chère ; ils déjeûnent à sept heures, dînent à midi, goûtent à quatre heures et soupent à sept ; en vérité ils sont tout-à-fait de l'autre monde....

L'AMI.

Mais les femmes....

LE PARISIEN.

Les femmes ! tenez, vos provinciales sont insupportables ; ne s'avisent-elles pas d'avoir des mœurs, des vertus....

L'AMI.

Et les hommes.....

LE PARISIEN.

Les hommes !.... ce sont des ours mal léchés : leur conversation est assommante, leur présence fastidieuse, et leurs manières nauséabondes.

L'AMI.

On m'avait pourtant assuré que la société, en province , était agréable.

LE PARISIEN.

Il y a de quoi mourir d'ennui ou de consomption. On y médit avec grossièreté, on y calomnie sans art.

L'AMI.

J'ai oui dire que les sciences, les belles lettres et les arts étaient cultivés avec fruit en province.

LE PARISIEN.

Pure imagination ! à la vérité ils ont des espèces d'académies , où quelques demi-savans dissertent sans idées , des orateurs qui pérorent sans grâce , et des faiseurs de vers qui riment en dépit du bon sens; *invitâ Minervâ.*

L'AMI.

Mais la musique....

LE PARISIEN.

Des sonates, des symphonies qui datent au moins de cent ans.

L'AMI.

Mais le chant.....

LE PARISIEN.

On ne chante pas, on crie ; des voix fausses vous déchirent les oreilles. Leur musique est une espèce de plein-chant propre à vous jeter dans la plus profonde des léthargies.

L'AMI.

Mais la danse.....

LE PARISIEN.

On ne danse pas, on saute ; peu d'entrechats, point de coulés ; se sont des mannequins qui s'agitent en tout sens comme des marionnettes.

L'AMI.

Mais le dessin.....

LE PARISIEN.

Ils ne s'en doutent pas.

L'AMI.

Mais la peinture.....

LE PARISIEN.

Encore bien moins.... Ils sont bons tout au plus à peindre des enseignes.

L'AMI.

D'après ce que vous me dites, la province n'es pas supportable ?

LE PARISIEN.

Et pas habitable. Aussi je l'ai quittée le plus promptement qu'il m'a été possible ; et je vous garantis d'avance que je n'y mettrai jamais le pied.

L'AMI.

Vous avez un oncle sur les bords de la Loire , dont vous hériterez un jour ; il faudra bien que vous fassiez un voyage à son château.

LE PARISIEN.

Non, mon ami, j'enverrai ma procuration pour toucher les écus du bonhomme. D'ailleurs il se porte très bien , et je crois, d'honneur, qu'il a pris toutes ses précautions pour m'enterrer.

L'AMI.

L'AMI.

Dans votre voyage vous avez eu oc-
casion de traverser plusieurs fois la
Loire ; que pensez-vous de cette rivière ?

LE PARISIEN.

Il faut être juste, *c'est une assez belle
rivière pour une rivière de province....*
mais à propos, je vous quitte pour aller entendre la sublime Catalani ; adieu ;
portez-vous bien.

~~~~~

Il n'y a pas de peuple au monde plus
industrieux et qui gagne moins que
le Parisien, parcequ'il donne tout à son
ventre et à ses habits, et cependant il
est toujours content. *Sic fata voluere.*

~~~~~

Tout le monde connoît la satire de
Boileau sur les embarras de Paris, et
qui commence ainsi :

Bon dieu! qui frappe l'air de ces lugubres cris ?
Est-ce donc pour veiller qu'on se couche à Paris?

Parisiana.   B

Si Despréaux, revenant au monde, visitait la capitale, que dirait-il aujourd'hui? Les embarras dont il se plaignait de son tems n'étaient que des roses auprès de ceux qui journellement se multiplient devant les pas du triste fantassin. Mais comme ici bas on s'accoutume à tout, ces embarras n'arrêtent ni ne retardent la marche du Parisien, qui court à ses affaires ou à ses plaisirs. Il vit dans le tumulte comme dans son élément naturel ; aussi la province et la campagne le fatiguent horriblement. Il se hâte de les quitter avec le vol de l'aigle pour se rendre dans sa chère Lutèce, qui est pour lui l'univers entier ; selon lui, *hors de Paris point de salut.*

~~~~~

T... a fait fortune au moins dix fois depuis six ans ; il est cependant obéré ; déjà même on prétend qu'il fera banqueroute. Pour arrêter ces bruits injurieux, il vient d'écrire à tous ses créanciers la lettre suivante :

MESSIEURS,

« Je connais les inquiétudes qu'on a voulu vous donner ; mais je vous préviens que pour étouffer tous ces méchans bruits, je vais vendre, pour payer mes dettes, *tout ce qui ne m'est pas nécessaire.* »

Voilà comme à Paris s'arrangent tous les débiteurs. Les créanciers y sont indulgens, parce qu'ils se promettent de rendre un jour la pareille à ceux dont ils seront à leur tour les débiteurs.

~~~~~~

Nos lecteurs nous sauront gré de leur donner ici une chanson qui a circulé dans tous les cercles de la capitale ; comme elle est sur un air connu, on peut la chanter dans des fêtes et des réunions d'amis. Elle est propre, en électrisant les esprits, à redoubler la joie et le rire des convives.

B 2

PARIS EN MINIATURE.

Air *du vaudeville du Sorcier.*

Amour, mariage, divorce,
Naissance, morts, enterremens,
Fausses vertus, brillante écorce,
Petits esprits, grands sentimens,
Dissipateurs, prèteurs-sur-gages,
Hommes de lettres, financiers,
  Créanciers,
  Maltôtiers,
  Et rentiers,
Tièdes amis, femmes volages,
Riches galans, pauvres maris,
  Voilà Paris.   (4 *fois.*)

Là, des commères qui bavardent,
Là, des vieillards, là, des enfans,
Là, des aveugles qui r gardent
Ce que leur donnent les passans,
Restaurateurs, apothicaires,
Commis, pédans, tailleurs, voleurs,
  Remailleurs,
  Ferrailleurs,
  Aboyeurs,
Juges de paix et gens de guerre,
Tendrons vendus, quittés, repris,
  Voilà Paris.   (4 *fois,*)

Maints gazetiers , mainte imposture ,
Maint ennuyeux , maint ennuyé ,
Beaucoup de fripons en voiture ,
Beaucoup d'honnêtes gens à pied ,
Épigrammes, compl'mens fades ,
Vaudevilles, sermons , bouquets ,
  Et ballets ,
  Et placets ,
  Et pamphlets ,
Madrigaux , contes bleux , charades ,
Vers à la rose , pots-pourris ,
  Voilà Paris.   (4 *fois.*)

Ici des fous qui se ruinent ,
Ici d'avides grapilleurs ,
Et plus loin d'autres fous qui dînent
Quand on va se coucher ailleurs ,
Là , jeunes gens portant lunettes ,
Là, vieux visages rajeunis,
  Bien munis,
  Bien garnis
  De vernis ,
Acteurs vantés , marionnettes ,
Grands mélodrames, plats écrits,
  Voilà Paris.   (4 *fois.*)

Hôtels brillans, places immenses,
Quartiers obscurs et mal pavés,

Misère, excessives dépenses,
Effets perdus, enfans trouvés,
Force hôpitaux, forces spectacles,
Belles promesses sans effets,
Grands projets
Grands échecs,
Grands succès,
Des platitudes, des miracles,
Des bals, des jeux, des pleurs, des cris,
Voilà Paris.   (4 *fois.*)

La légèreté est un des principaux élémens des Parisiens ; amateurs de la nouveauté, ils font tout ce qu'ils peuvent pour ne pas conserver long-tems un ami(1). Ils s'accommodent en même tems du froid et du chaud ; ils inventent tous les jours des modes nouvelles pour s'habiller, et, s'ennuyant de vivre dans leur

(1) Ceci rappelle le mot de ce provincial, qui dit un jour à un de ses compatriotes : « Tu ne pourras te l'imaginer, j'avais dans Paris des amis dont je ne savais pas le nom. *Vulgare nomen amici, sed rara fides.* »

pays, on les voit aller tantôt en Asie
et tantôt en Afrique, très peu en Espa-
gne, et beaucoup en Italie et en Angleterre, seulement pour changer de lieu
et s'amuser. Ceux qui ne peuvent voya-
ger font de leurs maisons comme de
leurs habits ; ils changent souvent d'habitation, de peur, disent-ils, de vieil-
lir dans le même endroit.

~~~~~~~

Dans le *Ménagiana*, tom. II. pag. 203
et 204, Paris, 1715, on lit le passage
suivant :

« Il n'y a guère de gens plus aimables
et qui aient pour les autres plus de
bonté et plus de bienveillance que les
Parisiens. Je ne connais point de lieu
où la vertu se cultive de meilleure foi
qu'à Paris. Il n'y a que le mélange
des autres peuples qui en empêche le
progrès. On peut dire des Parisiens en
particulier, ce que Strabon dit de tous
les Gaulois en général. *Toute belliqueuse,*
dit-il, qu'est cette nation, elle ne laisse

pas d'avoir une humeur douce et un es-
prit sans malignité. Il n'y a point de peuple où l'on soit moins envieux les uns
des autres, et chez qui on ait tant de
penchant à louer plus volontiers les ac-
tions d'autrui. C'est le Tempé des étrangers, le Pérou de ceux qui aiment à né-
gocier leurs talens, et le sanctuaire des
honnêtes gens et des gens de lettres.
De là vient qu'un provincial qui venait
tous les ans à Paris, disait : *Je viens in-
terrompre la prescription de la barbarie.*
Quantum mutatus ab illo. »

~~~~~

Un brillant marquis était allé chercher des dames pour les mener à l'Ob-
servatoire de Paris, où devait se faire
l'observation d'une éclipse de soleil, par
le célèbre Cassini. La toilette avait re-
tardé l'arrivée de cette compagnie, et
l'éclipse était passée lorsque le petit
maître se présenta à la porte. On lui
annonce qu'il est venu trop tard, et
que tout est fini. Montez toujours, mes-

dames, leur dit-il, M. de Cassini est de mes amis, il aura la complaisance de recommencer pour moi.

~~~~

On a dit avec raison des Parisiens, qu'il semble qu'il n'y ait qu'eux qui connaissent bien le peu de durée de la vie des hommes, parce qu'ils font tout avec tant de promptitude, qu'on dirait qu'ils se persuadent qu'ils n'ont qu'un jour à vivre.

~~~~

On brûla à Paris, en 1620, un homme convaincu de goûts anti-physiques ; et après que le corps fut consumé, on jeta les cendres au vent. Un calembouriste ayant vu une partie de l'exécution, s'en fut ; en chemin, il rencontra plusieurs de ses amis, et leur dit : Messieurs, n'allez pas à la grève, il y fait une *poussière de bougre.*

Charlemagne voulant détruire dans son royaume les filles publiques, les condamna au fouet, et ordonna à ceux qui les auraient logées, ou chez qui on les aurait trouvées, de les porter sur leur cou jusqu'au lieu de l'exécution ; l'expérience prouva l'inutilité de ce châtiment. *Les femmes amoureuses ou filles folles de leur corps*, comme on les nommait alors, firent bientôt un corps à part ; en conséquence elles furent imposées aux taxes, et avaient coutume de faire tous les ans une procession solennelle (1) le jour de la Madeleine (2). On leur assigna des rues particulières où elles pouvaient établir leur *Clapier*. C'étaient les rues *Froimentel* ou *Fromentel*, *Pavée ;* Glatigny, Tirone, Chapon, Tire-Boudin, Brise-Miche, Champ-Fleuri, etc. etc.(3).

_____

(1) Aujourd'hui la procession serait un peu longue.

(2) Patronne des filles repenties.

(3) Janne, Reine de Naples, et comtesse de Pro-

En 1420, Louis VIII, pour distinguer les filles publiques des honnêtes femmes, défendit à celles-ci de porter spécialement des ceintures dorées. Vaine défense! tout fut comme auparavant; les honnêtes femmes s'en consolèrent par le

rence, le 28 août 1347, établit à Avignon un b.... dont elle dicta elle-même les constitutions. Elle ordonne que les filles dudit lieu n'aient entre elles aucune dispute ni jalousie; qu'elles ne dérobent point; qu'elles ne se battent point; mais qu'elles vivent ensemble comme sœurs. Si elles ont quelques démêlés, la supérieure jugera leurs différens, et elles se conformeront à ce qu'elle aura décidé. Qu'il y ait une porte qui s'ouvre à tout le monde, mais qui se ferme à la clef, de peur que quelques jeunes gens ne voient les filles de ce lieu sans la permission de la supérieure, qui sera élue tous les ans par le conseil de la ville... Défense à la supérieure de souffrir qu'aucun juif entre dans ledit lieu : s'il arrive qu'il s'en introduise furtivement, et ait commerce avec une des filles, il sera emprisonné et fouetté publiquement, etc.

témoignage de leur conscience, d'où est venu le proverbe :

Bonne renommée
Vaut mieux que ceinture dorée.

En 1560, par l'art. 101 de l'ordonnance des états tenus à Orléans, tous les lieux de prostitution publique, qui avaient été tolérés pendant plus de 400 ans, furent abolis(1). Le nombre des filles ne diminua pas, quoique leur profession ne fût plus regardée comme un état ; et, en leur défendant d'être nulle part, on les obligea de se répandre partout.

« On compte à Paris, dit Mercier,

---

(1) *Celles qui suivaient la cour*, disent du Tillet et Pasquier, *étaient tenues, tant que le mois de mai durait, de faire le lit du roi des Ribants.* Cette charge du *roi des Ribauts* consistait à veiller à la police de la maison du Roi, et à chasser de la cour les inutiles et les fripons. Cette charge n'existe plus aujourd'hui, car il y aurait trop à faire.

30000 filles publiques (1), et 10000 environ moins indécentes , qui sont entretenues, et qui d'année en année passent
en différentes mains....

« Depuis l'altière Laïs qui vole à Long-

---

(1) Par un état tenu à la Police , on comptait en
1773 jusqu'à 28.000 filles publiques. Quelle digue
opposer à ce torrent destructeur , qui porte avec
lui l'outrage et la corruption? Ce n'est pas seulement le respect des bienséances , ce n'est pas seulement l'innocence des mœurs qu'il détruit ; mais il
engendre ce mal funeste et honteux , qui porte le
poison jusqu'aux sources de la vie , et qui menace
la génération future d'une existence à laquelle la
mort est préférable. Dans une ville prodigieuse par
sa population , où les filles publiques sont mises au
nombre des maux nécessaires , qui pourra mettre
en balance la somme des maux qu'elles produisent
et la somme des maux qu'elles préviennent ? En ce
cas qui pourra déterminer les meilleurs moyens pour
faire que le bien l'emporte sur le mal ? Ces ques-
tions , toujours dédaignées , mériteraient les atten-
tions des académies, qui n'en proposent pas toujours
d'aussi utiles.

Parisiana.   C

champ dans un brillant équipage (que
sans sa présence licencieuse on attri-
buerait à une duchesse), jusqu'à la *rac-
crocheuse* qui se morfond le soir au coin
d'une borne, quelle hiérarchie dans le
même entier! que de distinctions, de
nuances, de noms divers, et ce, pour
exprimer néanmoins une seule et même
chose! Cent mille livres par an, ou une
pièce de monnaie pour un quart d'heure,
causent ces dénominations qui ne mar-
quent que les échelles du vice ou de la
profonde indigence. »

Paris est le pays des accidens. Pas de
jour qui ne soit témoin de quelque ca-
tastrophe ou mésaventure. Aussi Mercier, auteur du tableau de Paris, disait-
il plaisamment qu'on devait donner la
croix de St Louis à l'individu qui, pendant 25 ans, aurait échappé par bonheur
ou adresse aux culbuttes, contusions,
et même aux bras ou jambes meurtris,

disloqués ou cassés. Mais revenons au dialogue suivant, qui est un corollaire du chapitre des accidens.

CHARLES.

Tu parais absorbé dans de profondes méditations.

SAINT-PAUL.

J'avais un bokey, la perle des bokeys, léger comme une plume, et que mon cheval aurait aussi bien porté que tiré. Je monte dedans jeudi dernier. Il faisait un tems fort maussade. Mais je voulais sortir avec mon bokey neuf. Je donne un moment les rênes à mon domestique, l'imbécille touche la borne de la porte, et voilà mes roues en pièces.

CHARLES.

T'es-tu blessé ?

SAINT-PAUL.

Pas le moins du monde. Je suis habitué à de pareilles aventures. Je ne sais pas comment sont faites les voitures dont je me sers ; mais il n'y a guères de semaine où je ne sois dix fois renversé et culbuté avec elles.

CHARLES.

Cela devrait te faire mettre sur tes gardes.

SAINT-PAUL.

C'est toujours la faute de mon coquin de valet. Je lui ai donné pour cette fois-ci cent coups de cravache. Il est allé chercher mon cheval gris, sellé, bridé; dans ma colère, j'ai frappé aussi le cheval ; mais, moins souple que le domestique, il a pris le mors aux dents, a rompu sa bride, s'est échappé, a disparu, et je viens des petites-affiches pour y donner son signalement, afin qu'on me le ramène.

Dépité de tout cela, je suis parti à pied en éperons et en bottes. Je suis allé déjeûner au café. Mes éperons se sont embarrassés dans la table. J'avais fait venir du thon et des anchoix ; les anchoix sont tombés sur ma culotte de casimir paille, que plus de dix fois mon

tailleur avait retouchée. Elle a maintenant une grande tache sur le genou,
et il est douteux q u e on domestique,
à qui je l'ai donnée, veuille lui-même
la porter.

~~~

M. de Sartines, lieutenant de police,
voulut un jour savoir le nom de plusieurs grands personnages auxquels mademoiselle Sophie Arnoult (1), célèbre
actrice de l'académie royale de musique,
avait donné à souper la veille ; il fait
venir la reine de l'opéra, et lui dit :

— Mademoiselle, où avez - vous soupé hier ?

— Je ne me le rappelle pas, monseigneur.

— Vous avez soupé chez vous ?

— Cela est possible.

— Vous aviez du monde ?

—Vraisemblablement.

— Vous aviez entre autres des personnes de la première qualité ?

— Cela m'arrive quelquefois.

— Quelles étaient ces personnes ?

— Je ne m'en souviens pas.

— Vous ne vous souvenez pas de ceux qui étaient à souper chez vous?

— Non , monseigneur.

— Mais il me semble qu'une femme comme vous devrait se souvenir de ces choses-là.

— *Oui , monseigneur; mais devant un homme comme vous , je ne suis pas une femme comme moi.*

En citant cette anecdote, nous avons voulu faire voir qu'une Parisienne ne le cède pas en esprit et en sagacité à une provinciale.

~~~~

Trois jeunes Parisiennes à peu près du même âge , s'étaient liées de la plus étroite amitié dans un couvent de Paris, où elles étaient pensionnaires depuis un an ou deux. Elles s'aimaient à tel point, qu'elles résolurent de ne pas se séparer de toute leur vie. Cependant une ré-

flexion affligeante vint troubler la douceur de leur union. Leur séjour dans
ce couvent ne devait pas être éternel,
et le moment où leurs parens les rap-
pelleraient auprès d'eux pour les marier
serait celui de la plus cruelle séparation.
Comment parer à ce terrible inconvé-
nient ? Leurs jeunes cervelles s'épui-
saient à chercher un expédient. Enfin
elles imaginèrent que le seul moyen de
rester unies à jamais était d'épouser toutes les trois le même mari, qui ne man-
querait sûrement pas de les chérir autant l'une que l'autre, en considérant
qu'elles avaient toutes trois leurs agré-
mens, leur jeunesse et leur beauté. Mais
la législation française défendant, sous
des peines sévères, la polygamie, comment s'y prendre, et comment faire ?
Enfin, la plus avisée fit observer aux
deux autres, qu'elles ne pouvaient rien
faire de mieux que de s'offrir pour
épouses au Grand-Turc, qui, par la
loi de Mahomet, avait le droit de prendre autant de femmes qu'il jugeait à

propos. En conséquence de cette réso-
lution, qui fut unanimement adoptée,
ces trois grâces écrivirent aussitôt une
lettre en commun, où elles exposèrent
la tendre amitié qui les unissait, la
crainte qu'elles avaient d'être séparées,
et le choix qu'elles avaient arrêté entre elles de l'avoir pour leur commun
époux. Elles ajoutaient qu'aussitôt que
leur première communion serait faite,
elles feraient directement voile pour ses
états, et qu'elles le priaient de vouloir
bien donner ses ordres, pour que l'on
disposât tout, afin de les bien recevoir. Les
trois amies, enchantées de ce moyen, ca-
chètent la lettre et la font remettre à
la poste, avec cette adresse : *A monseigneur, monseigneur le Grand-Turc,
dans son sérail, à Constantinople.* La
singularité de cette souscription ayant
donné lieu à plus d'un doute, on en
fit part au magistrat de la police, qui
ne fut pas peu surpris, après avoir lu
cette lettre, de la proposition naïve et

du style fleuri de ces trois aimables et candides demoiselles.

~~~~

Un bourgeois de la rue Saint-Denis s'était marié depuis peu; sa femme n'était point coquette, mais difficultueuse, tracassière et un peu avare. Il arriva qu'un jour le mari demanda du lait à son déjeûner; la femme murmure, et ne se met pas en devoir de satisfaire son mari. Celui-ci répète sa demande, et la répète sans effet. Il prie de nouveau sa femme de lui faire monter une laitière. Le mari en appelle une, et demande un vase pour mettre son lait. Point de vase, point d'ustensile. Le mari fait verser le lait dans la forme de son chapeau. La femme éclate, pousse les hauts cris; un chapeau perdu ou du moins gâté! Elle veut prendre ce chapeau pour l'essuyer, le réparer du mieux qu'il lui sera possible; mais le mari, qui voulait compléter la leçon, jette le chapeau et le lait dans la rue, par la fenêtre. La

femme veut descendre pour courir après
le chapeau; le mari la retient, et lui dit :
« Madame, croyez-vous que je me cou-
vrirai la tête avec un pot au lait? Vous
me refusez pour six liards de lait et
il vous en coûtera un chapeau de trente
francs. Voilà ce que l'on recueille avec
moi par la mauvaise humeur; prenez
garde de jamais me contredire sans
raison. Je veux bien être votre ami et
avoir des complaisances ; mais à charge
de retour, rien pour rien : soyez bonne
femme, et je serai bon mari. »

La femme se corrigea et fit bien; mais
où sont les maris qui sachent unir la
raison, la tendresse, le pouvoir et la
force ?

~~~~~

Le 8 juin 1781, l'académie royale de
musique devint tout-à-coup la proie des
flammes. Un affreux incendie consuma
la salle. Plusieurs personnes périrent.
Le feu dura pendant huit jours.

Le lendemain matin, les Parisiens re-

gardaient les ravages affreux de cet incendie avec un air consterné , lorsqu'une
voiture chargée de costumes échappés
aux flammes traversa la place du Palais-
Royal; un crocheteur, qui était dessus ,
s'avisa de mettre sur sa tête un casque
qu'il trouva sous sa main ; il se couvrit
ensuite d'un manteau royal. Debout sur
sa charrette, comme un vainqueur qui
fait son entrée dans un char de triomphe,
il attira bientôt les regards du public,
dont la tristesse se changea tout à coup
en éclats de rire. Voilà le chagrin des
Parisiens ! Quelques jours après il y eut
des étoffes couleur *de feu d'opéra.*

* * *

Un Parisien se trouvant à une cen-
taine de lieues de sa ville natale , fut
fort étonné d'entendre que les chiens
y aboyaient comme à Paris.

LE VOYAGE D'UNE JEUNE FILLE,

DE SAINT-CLOUD A PARIS.

AIR : *Suzon sortait de son village.*

Il nous faut chanter l'aventure
D'une fille de Saint-Cloud ,
Pour se marier , je vous jure ,
Fit choix d'un amant à son goût ;
  Mais sa maman ,
  Bien durement ,
A cet amant un jour chercha querelle;
  Lui , par dépit ,
  Plein de soucis ,
Prit la gaillotte et partit pour Paris ;
Sans hésiter bientôt la belle ,
En bravant les dangers de l'eau ,
Vole rejoindre le bateau
  Qui le séparait d'elle.

Javotte un peu trop tard arrive ,
La gaillotte était loin du port ;
Et la pauvrette sur la rive
Pleurait , criait avec effort ;

      Un

Un batelier ,
L'entend crier ,
S'approche, et dit : Qu'avez-vous donc,
Javotte ?
Par vos douleurs ,
Dans vos malheurs ,
Apprenez-moi le sujet de vos pleurs ;
Une querelle , bon pilote ,
Entre ma mère et mon amant ,
L'a fait embarquer à l'instant ,
Il est sur la gaillote.

Pour le rejoindre , ma poulette ,
Vîte entrez dans mon batelet ;
Il dit : Vous serez satisfaite ,
Je tiens mon aviron tout prêt ;
Sans m'amuser
Je vais ramer ,
Mais d'avance il faut payer le passage ;
Sans compliment ,
Au lieu d'argent ,
Qu'un doux baiser fasse mon paiement ;
Monsieur, poussez loin du rivage ,
Je vous paierai chemin faisant ,

Parisiana.   D

Car je vois s'enfuir mon amant,
Et moi je perds courage.

Le batelier la trouva belle ;
Au milieu de l'eau, c'en est fait....
Il fut s'asseoir à côté d'elle,
Laissant flotter son batelet ;
 En l'embrassant
 Pour paiement,
Le batelier, plus fin que n'est Javotte,
 Sut, en ce cas,
 Lui prendre, hélas !
Certaine chose que l'on ne dit pas ;
 Malgré qu'elle nétait pas sotte,
Elle perdit.... loin du pays,
Ce que fille apporte à Paris,
 Sans prendre la gaillote.

Javotte triste se démonte
De rester au milieu de l'eau,
Voyant la vague qui remonte,
Et fait voltiger le bateau ;
 Le batelier
 Veut l'apaiser,

Mais Javotte en colère le rebute ;
  Elle pleurait,
  Se lamentait,
Et toujours ce vilain garçon riait ;
 Ah ! dit-elle, craignez la chute,
 Gouvernez donc votre aviron,
 Car le batelet, tout de bon,
  Va faire la culbute.

 Plus Javotte se désespère,
 Et plus il riait aux éclats ;
 Elle veut appeler sa mère,
 Sa mère ne l'entendait pas ;
  Finissez donc,
  Dit le tendron ;
Monsieur, je n'aime pas qu'on me tri-
  pote ;
  Le batelier,
  Sans s'effrayer,
Allait son train, et la laissait crier ;
 Maudit garçon, disait Javotte,
 Remenez-moi vîte au pays,
 Car nous irons jusqu'à Paris
  Sans joindre la gaillote.

Belle, prenez donc du courage,
Répond le galant batelier;
Je finirai votre passage,
Puisque vous m'avez su payer;
    Mon petit cœur,
    N'ayez pas peur;
Rassurez-vous, ma petite cocote,
    Embrassez-moi,
    Et sur ma foi,
Avant un an vo s penserez à moi;
Je vais ramer, belle Javotte,
Et nous rejoindrons votre amant;
Prenez patience un moment :
    Car je vois la gaillote.

Javotte sur le port arrive
Comme son amant débarquait;
Votre heureux batelier active,
A Saint-Cloud il redescendait;
    Tout en riant,
    Tout en chantant,
Il disait : Je vois Javotte en ménage;
    Son amoureux
    Doit être heureux
D'avoir femme qui n'a servi qu'à deux;

Car depuis ce maudit passage
Javotte a de grands maux de cœur ;
Voilà comme il vient du malheur
 A fille qui voyage.

Dans quelques mois je serai mère,
Disait Javotte à son amant ;
Vîte il faut écrire à mon père
Pour avoir son consentement ,
  Nous lui dirons,
  Pour nos raisons,
Qu'un certain cas presse le mariage ;
  Le pauvre amant
  Etait content ;
Il se croyait déjà beaucoup savant.
 Quant aux accidens du passage,
Ma Javotte les oublia ,
Et le nouvel époux paya
 Tous les frais du voyage.

~~~~~

A Paris, les restaurateurs ne laissent
que le desir d'aller manger ailleurs ,

lorsqu'on y a pris un repas. Tous les plats sont en miniature, et tout s'y vend au poids de l'or. Les élégans, qui ne sont rien moins que pécunieux, n'y vont que par ton : aussi ne manquent-ils pas d'étudier la liste des mets, et de passer dessus comme un chat sur la braise, dans l'appréhension de les trouver trop chers. *Réfectoire de capucins*, disait un Gascon ; il n'y a point de nappe, on n'y parle pas, l'on en sort avec appétit.

~~~~

Les Parisiens surpassent en gourmandise toutes les autres nations. Un excellent cuisinier est un serviteur très recherché et très ruineux. Il a ordinairement tous les vices convenables à son état, c'est-à-dire qu'il est un peu ivrogne, très fripon, encore plus insolent, ordinairement brutal, très souvent paresseux, volontiers libertin. Ces vices sont connus ; les maîtres en plaisantent, et les lui pardonnent en faveur d'un filet de levreau au jambon. On ne mange pas, on dévore, et la gloutonnerie tient un peu au bon ton.

~~~~~~~~~

PETIT DIALOGUE

Entre un Parisien et une Parisienne.

A. Savez-vous la musique, mademoiselle Cécile?

C. Assez bien.

A. Chantez-vous ?

C. Jamais.

A. Touchez-vous du piano?

C. Non, monsieur.

A. Pincez-vous de la guitarre?

C. Non, monsieur.

A. De la harpe ?

C. Non, monsieur, je joue de la serinette.

~~~~~

Une dame priait un physicien de sa connaissance de lui apprendre ce que c'était qu'un tremblement de terre. **Le physicien, très-complaisant, l'expliqua de son mieux.** — Savez-vous bien, monsieur, que c'est une chose affreuse, que dans Paris, qui passe pour le centre des lumières, on n'ait pas de tems en tems quelques légères secousses pour donner à tout le monde au moins une idée de ce phénomène ?

~~~~~~~~~

S'il est vrai, comme dit un auteur italien, qu'il y a à Paris huit mois d'hiver et quatre de mauvais tems, au moins est-il constant que l'air n'y fut jamais contagieux (1). On n'y connaît point la peste, malgré le brouillard qui règne presque toujours sur son horizon, et l'on y meurt, parce que la mode de mourir n'a point encore passé; mais que de morts différentes dont on ressent ici les effets !

---

(1) Ce que l'on attribue à l'usage habituel des eaux de la Seine, qui passent pour très saines et très salubres.

On y meurt à sa famille, se croyant trop grand seigneur pour la fréquenter ;

A son nom, ne le trouvant point assez beau pour le porter ;

A sa réputation, parce qu'il n'est plus du bel air de s'en occuper ;

A sa fortune, en faisant l'impossible pour se ruiner ;

A la religion, en pensant comme l'extravagante Eugénie, qui se fera déiste, dit-elle, si jamais elle devient dévote.

~~~~~~~~~

Tout Français élevé dans Paris met toute les femmes de son parti, pour peu qu'il veuille se produire. Elles lui passent ses étourderies, en faveur de son amabilité.

« Il a mangé les trois quarts de mon bien, disait une baronne allemande en parlant du chevalier de *** ; mais s'il venait à reparaître, nous finirions le reste, tant il est ravissant. Les vertus des Anglais, ajoutait-elle, ont l'âpreté d'un fruit sauvage, tandis que les défauts mêmes des Parisiens ont quelque chose d'agréable. »

~~~~~~~~~~

Comme le spectacle où brillent dans tout leur éclat MM. Brunet, Potier et compagnie, a une vogue prodigieuse en province, une jeune artiste de la ville de Coutances, qui croit que hors Paris et loin des Parisiens on ne peut se piquer de talens et de bon goût, a écrit dernièrement au directeur de ce théâtre lal et tre suivante :

« Informée de vos talens, monsieur, par la renommée qui, lorsque les choses en valent la peine, passe de Paris en province, et confirmée dans l'idée que j'avais conçue de vous, par quelques lettres du petit-neveu du frère cadet de mon oncle, qui loge au faubourg Saint-Marceau, et qui, au moyen de nos recommandations, est sur le point de faire

son chemin, je vous écris ces lignes sans
avoir l'honneur de vous connaître, pour
vous prouver que je n'ai rien tant à
cœur que d'entrer dans votre illustre
troupe où l'on joue les *Jocrisse*, les
Pointu, les *d'Anières*, et tant d'autres
chefs-d'œuvre de l'esprit humain. J'ai
une vocation décidée pour votre spectacle, et je puis vous assurer qu'étant
une demoiselle d'honneur, je suis incapable de mentir, quoique cousant en
linge depuis ma plus tendre jeunesse;
mais je vous avoue que ce métier-là
m'ennuie, et que je suis dans le dessein
de vous offrir mes petits services, et
de m'associer à votre réputation. Je
suis une fille dont vous pouvez tirer un
grand parti, et mon cousin l'épicier m'a
assurée qu'il ne croyait pas que l'on pût
mieux jouer la comédie que moi : cela
n'est pas étonnant, je lis toujours quand
je ne couds pas, et je sais par cœur toutes
les belles tragédies et presque toutes les
comédies de nos auteurs modernes, qui,
quoiqu'elles soient tombées, ne sont pas

moins bonnes selon moi. Je suis en état
de parler en public ; par conséquent ,
monsieur, vous pouvez faire de moi une
reine ou une confidente , une princesse
ou une femme de chambre ; car je crois
qu'en termes de l'art, femme de chambre , c'est comme qui dirait soubrette.
D'après ce petit préambule , monsieur,
je vous préviens que , comme tout dé-
pend du début , je ne serais pas fâchée
de commencer par *Mérope* dans *Rodo-
gune*, ou par *Athalie* dans l'*Enfant pro-
digue;* au surplus, comme il vous plaira,
et je me confie pleinement et entière-
ment dans vos lumières : s'il me man-
quait encore quelque chose pour l'ortho-
graphe et la pureté de la langue , vous
êtes bien en état de me redresser ; mais,
pour en cas de cet article-là , je ne crois
pas que vous ayez beaucoup à refaire
à mon endroit. A l'égard de ma figure,
ma mère était fort jolie, et j'ai un certain
air de famille qui me sied très-bien,
sur-tout lorsque je suis parée; d'ailleurs ,
j'ai de ces visages qui vont à tout : pour
ma

ma taille, il n'y a rien à dire, et quand on a cinq pieds quatre pouces, on peut aller à Paris. J'ai aussi la voix fort étendue, et quand je m'en mêlerai, je crierai aussi haut que tout ce qu'il y a de fameux en acteurs et en actrices en Europe. J'attends votre réponse avec la plus grande impatience. Je demeure à Coutances, rue du cul-de-sac. J'ai l'honneur d'être, avec tout le respect et la considération possibles, monsieur, votre très-humble et très-obéissante servante, etc. »

Le directeur s'est empressé de se procurer un sujet aussi précieux, que l'on verra débuter incessamment.

~~~~~~~~
Epitre.

Du Palais-Royal à Saint-Cloud
Un badaud très-pommé faisait le long voyage,
    Jugeait de tout, parlait de tout
    En citadin du grand village ;
    Et promenant ses yeux au loin,
Disait : Si les côteaux qui bordent ces campagnes

Parisina.   E

Étaient cultivés avec soin,
Ils deviendraient bientôt de très-hautes montagnes.

~~~~~~~~~

Il para.t, d'après tous les ouvrages
sur Paris et les Parisiens que nous avons
consultés, que ces derniers, sans comp-
ter MM. Armand Ragneau et consorts,
ont aimé de tous les tems les jeux de
mots et les calembours. A l'appui de notre assertion, nous citerons le trait suivant.

Sur la porte du passage de l'église
Saint-Severin, qui mène du cimetière
à la rue de la parcheminerie, on lisait
ces vers :

Passant, penses-tu pas passer par ce passage,
     Où passant j'ai passé ?
Si tu n'y penses pas, passant, tu n'es pas sage,
Car, en n'y pensant pas, tu te verras passé.

Une Parisienne, assistant au Théâtre-
Français à une représentation du Roi
Léar, après avoir entendu cet hémis-
tiche :

J'ai besoin d'être père !...

S'écria :

Fi ! que c'est indécent !

~~~~~

Dans toutes les grandes églises de la
capitale, on est étonné de trouver le
monument d'un bourgeois de Paris,
d'un marchand de vin, plus apparent
que celui d'un grand homme : mais l'é-
tonnement cesse, lorsqu'on vient à lire
que, par contrat passé par-devant tel
notaire, le bourgeois de Paris, le marchand de vin, ont fondé telle rente,
cédé tels fonds, afin de faire dire des
messes pour le repos de leur âme. Les
piliers des églises sont chargés des monumens qui transmettront à la posté-
rité, que tels marchands, bourgeois
ont vécu et sont morts ; et Racine n'a

E 2

pas seulement une épitaphe, ce qui n'est pas fort honorable pour MM. les Parisiens.

La révolution, néanmoins, a fait justice de quelques-uns de ces monumens.

~~~~

L'ingratitude, disait un jour un Parisien faiseur de calembours, est maintenant tellement à la mode, qu'il n'y a plus de reconnaissance qu'au mont de piété.

~~~~

LA RAISON INFAILLIBLE.

Conte

Un avocat, en secret consulté
Par un voleur, et voleur de cavale,
Lui conseilla de mettre en sûreté
La bête objet du vol et du scandale.
Ah! croyez-moi, qu'on l'emmène bien loin,
Car contre vous ce serait un témoin...
Oh! dit l'escroc, quant à son témoignage,
Je ne crains pas qu'il puisse m'enferrer;
C'est une rosse usée au labourage,
Qui peut les dents à peine desserrer.

Un Poitevin arrive à Paris, demande à ses hôtes de lui indiquer où il pourrait assister à une bonne pièce de théâtre : Allez voir, lui répondit-on, *la veuve du Malabar*. Notre provincial, qui n'avait jamais entendu parler de cette tragédie, et croyant que, par plaisanterie, on voulait l'envoyer chez les filles, répliqua : *Je n'ai point heureusement les mœurs de Paris, et je m'en tiendrai, s'il vous plaît, à ma femme.*

~~~~~~

Dans l'église de Saint-Eustache, on voyait jadis le tombeau de Colbert. Ce ministre y était représenté à genoux sur un sarcophage de marbre noir, devant un ange qui tenait un livre ouvert, avec d'autres attributs. Un Parisien, mécontent de ce ministre, pendit au cou de sa statue un carton où se lisait, en lettres capitales, le vers suivant :

Res ridenda nimis, vir inexorabilis orat(1).

_____

(1) C'est une chose bien risible que de voir en

E 3

Qu'on dise après cela que les Parisiens sont des ignorans !

~~~~~

Un de nos parvenus (1) donnait un repas où brillaient les gros appas des chères moitiés de ses confrères. Le propriétaire de la maison, homme d'esprit, et connaissant les usages, riait sous cape de la figure que faisaient tous les convives. La maîtresse de la maison surtout attira son attention. Notre homme malin, comme écolier qui meurt de faim, lui adressa la parole.... Eh quoi ! madame, vous ne mangez pas. — Ah ! mon dieu, mon cher monsieur, vous

---

prières un homme que les prières ne pouvaient fléchir.

(1) Il y en avait de toutes les nations ; on comptait même parmi cette bande d'enrichis des Parisiens qui, un moment, s'étaient arrangés avec leur conscience.

voyez , quand j'ai mangé la soupe et le bouilli , je ch... sur le reste.

~~~~~~~~

Tous les étrangers sont bien venus à Paris , pourvu qu'ils ne demandent rien. Ils n'y ont d'autre emploi que de se divertir , et quelques-uns d'ôter la suie des cheminées , qui est le privilège des Savoyards, qu'on voit dans les rues plus noirs que les Éthyopiens , et plus puans qu'une synagogue.

~~~~~~~~

Au moment où le *Mariage de Figaro*, ou *la Folle journée*, était à sa 71e représentation , un Parisien qui par fois était plaisant , fit circuler la boutade suivante :

> Pourquoi crier tant haro
> Sur l'éternel *Figaro*?
> Chez nous la folle journée
> Doit être au moins d'une année.

~~~~~~~~

Un bourgeois de la rue des Cordeliers

écoutait assidûment, au jardin du Luxembourg, un abbé grand ennemi des Anglais. Cet abbé l'enchantait par ses récits véhémens ; il avait toujours à la bouche cette formule : « Il faut lever trente mille hommes, il faut embarquer trente mille hommes, il faut débarquer trente mille hommes, il en coûtera peut-être trente mille hommes pour s'emparer de Londres : bagatelle. »

Le bourgeois tombe malade, pense à son cher abbé qu'il ne peut plus entendre au Luxembourg, et qui lui avait insensiblement prédit la destruction prochaine de l'Angleterre, au moyen de 30,000 *hommes*. Pour lui marquer sa tendre reconnaissance (car ce bon Parisien haïssait les Anglais sans savoir pourquoi), il lui laissa un legs, et mit sur son testament :

« Je laisse à M. *l'abbé Trente mille* » *hommes* douze cents livres de rente. » Je ne le connais pas sous un autre » nom ; mais c'est un bon citoyen, qui » m'a certifié au Luxembourg que les

» Anglais, ce peuple féroce qui détrône
» ses souverains, seraient bientôt dé-
» truits ».

Sur la déposition de plusieurs témoins,
qui attestèrent que tel était le surnom
de l'abbé, qu'il fréquentait le Luxembourg depuis un tems immémorial, et
qu'il s'était montré fidèle antagoniste de
ces insulaires, le legs lui fut délivré.

~~~~~

Une semaine n'est qu'un jour dans
Paris, à raison des courses, des affaires,
des plaisirs ; tout s'y grave, s'y im-
prime, tout s'y chante, tout s'y publie ;
mais un mois y vaut une année pour la
multiplicité des évènemens.

~~~~~

TESTAMENT
D'UN RENTIER DE PARIS PENDANT
LA RÉVOLUTION.

« Au nom du Père, du Fils et du Saint
« Esprit.

« Je n'ai rien, je dois beaucoup, je
« laisse le reste aux pauvres. »

Il n'est guère possible de faire un testament plus laconique ; nous le proposons pour modèle aux notaires de Paris et des départemens , qui sont habitués à écrire beaucoup dans ces sortes d'actes , sans rien dire , et à omettre précisément ce qui doit infailliblement produire une nullité , qui occasionnera la nullité du testament.

~~~~

Un Parisien , en remplaçant un autre pour l'armée , part ; on le mène droit au camp ; là , on l'affuble d'un habit bleu , et on l'arme de pied en cap ; après quoi , il est , dans la même journée , envoyé en patrouille sur le territoire de l'ennemi. Au détour d'un petit bois , un parti allemand , qui était en embuscade , tire tout-à-coup sur les nôtres. Notre homme , tout surpris de ce procédé , sort de son rang , et s'avançant fort poliment , le chapeau à la main : Arrêtez donc , messieurs , s'écrie-t-il , et prenez garde à ce que vous faites : est-ce que vous ne voyez pas qu'il y a ici du monde ?

~~~~

De toutes les Parisiennes entretenues, dix font fortune au bout de quelques années : que devient le reste ? c'est la grenouille qui a profité d'un rayon de soleil pour se reposer sur une belle prairie , et qui se replonge dans son marais.

~~~~

Paris représente l'ancienne Athènes : on voulait être loué des Athéniens : on ambitionne aujourd'hui le suffrage de la capitale de la France.

Alexandre, au moment qu'il combattait Porus , s'écriait : « Que de fatigues à pour être loué de vous, ô Athéniens! » Quel peuple était-ce donc que ces Athéniens, qui imprimaient au fond de l'Asie le desir de les intéresser ? ou Alexandre était un fou d'une vanité outrée , ou Athènes était la première ville de l'univers.

LES PARISIENS N'ONT PAS LE FIL.

Une comtesse angoumoisine,
Avait ici mené pour la servir,
Maître Gilles Lambin, dont l'esprit et la mine,
Ainsi que l'on va voir, s'accordaient à ravir.
        Pour t'évertuer, lui dit-elle,
    Mon cher Lambin, cours m'acheter du fil :
        Une semblable bagatelle
        N'exige pas un tact subtil.
    Lambin s'en va de boutique en boutique
Chez tous les épiciers du faubourg St. Germain.
    « Eh mais vraiment, ce garçon est unique!
    « Du fil chez nous ! vous reviendrez demain. »
    (Les épiciers, par un calcul unique,
Vendent tout en province, hors la viande et le pain.)
        Gilles Lambin s'en revint le teint blême,
Et furieux d'avoir provoqué le mépris :
    « Madame, vous croyez être dans Angoulême,
    « Où l'on trouve de tout en y mettant le prix ;
        «-Mais vous pouvez chercher vous-même,
        « Il n'est point de fil à Paris. »

~~~~~~

On a écrit, il y a long-tems, le bon
mot d'un fou qui allait tout nu par les
rues, portant une pièce d'étoffe sur l'é-
                                    paule

paule. Quand on lui demandait pour quoi il ne s'habillait pas, puisqu'il avait du drap : « C'est, répondit-il, que j'attends « pour voir à quoi se termineront les « modes, parce que je ne veux pas em- « ployer du drap à un habit, qui dans « un peu ne me servirait plus, à cause « de quelque nouvelle mode. » Cette plaisanterie est dans un livre italien, imprimé il y a plus de cent trente ans. Depuis ce tems le mouvement rapide des *modes* a si fort augmenté, que ce qu'on a raconté alors comme une extravagance plaisante d'un fou, pourrait passer à présent pour une mûre réflexion d'un homme sensé.

L'action et la réponse de ce même fou ont fourni à un peintre l'idée d'une caricature piquante, dans laquelle chaque peuple est représenté par un individu habillé suivant l'usage du pays; on y voit figurer en même tems un homme tout nu, avec une pièce de drap sous le bras, et cet homme est un Parisien.

On lit au bas de cette caricature ces

Parisiana. F

mots : *J'attends, pour me faire habiller, que la mode soit fixée.*

~~~~~~

A Paris, le créancier comme l'ouvrier, n'arrachent leur argent qu'à force d'importunités. « Vous revenez tous les jours, « disait un riche Parisien à son fournis- « seur; mais si je n'ai payé personne « depuis dix ans, il est absurde de me « tourmenter. »

~~~~~~

RIVAROL faisait la cour à une Parisienne très-spirituelle et très-jolie, et se plaignait d'éprouver des délais. Comme il devenait pressant, elle lui dit : *Voulez-vous donc que je bâtisse sur la cendre ?*

~~~~~~

QUAND un Parisien a quitté la capitale, alors il ne cesse en province de parler de Paris. Il rapporte tout ce qu'il voit à ses usages et à ses coutumes; il affecte de trouver ridicule ce qui s'en écarte; il veut que tout le monde réforme ses idées pour lui plaire et l'amuser. Il parle de la cour comme s'il la connaissait, des hommes de lettres comme s'ils étaient ses amis, des sociétés comme s'il y avait donné le ton. Il connaît aussi les ministres, les hommes en place. Il y jouit d'un crédit considérable, son nom est cité; il n'y a enfin de savoir, de génie, de politesse qu'à Paris.

Il aventure de pareils propos devant des personnes qui ont du sens et des années. Il faut qu'il prenne tous ceux qui l'écoutent pour des sots, ou que la manie de parler avantageusement de soi l'aveugle sur l'extrême facilité que l'on aurait à relever ses erreurs et ses mensonges; mais il s'imagine se donner du relief, en ne vantant que Paris et la cour.

Le vers fameux :

Elle a d'assez beaux yeux, pour des yeux de province.

le Parisien l'applique à son insu à tout ce qui n'est pas dans sa sphère.

F 2

CONSEILS SALUTAIRES D'UN PARISIEN
A UN PROVINCIAL.

VOULEZ-VOUS être toujours gai? n'allez point aux Français quand on donne une comédie nouvelle; mais ne manquez pas une tragédie moderne. Nayez jamais affaire avec les huissiers. Ne prenez jamais femme, *à vous* s'entend. Ne lisez pas le Mercure, il vous tuerait avant la fin de l'année. Evitez les auteurs, fuyez les femmes savantes, et croyez qu'une bouteille de vin de Bordeaux vaut mieux qu'un poëme épique.

~~~~~

Un badaud, dit Mercier dans son Tableau de Paris, prend un personnage de la fable pour un saint du paradis; *Typhon* pour *Gargantua, Caron* pour *saint Pierre*, un *Satyre* pour un *Démon*, et *l'Arche de Noë* pour le *Coche d'Auxerre*.

~~~~~

Un mari parisien se plaignait à Santeuil de l'infidélité de sa femme : — « C'est un

« mal d'imagination, répondit le Vic-
« torin; peu en meurent, beaucoup en
« vivent. »

~~~~~

Les tailleurs à Paris ont plus de peine
à inventer qu'à coudre, et quand un
habit dure plus que la vie d'une fleur, il
paraît décrépit.

~~~~~

Epitaphe
d'un rentier parisien.

Ci-gît qui ne fut bon à rien :
Nul n'en sut le mal ni le bien ;
Il ne fit la paix ni la guerre ;
Tantôt assis, tantôt debout,
Il fut soixante ans sur la terre,
Comme s'il n'était point du tout.

~~~~~

Un habitant du faubourg Saint-Honoré
disait un jour : « J'ai reçu tous mes sa-
« cremens, excepté le mariage que je
« n'ai pas reçu en original, mais dont
« j'ai bien tiré des copies. »

F 3

DE grands édifices naissent toutes les semaines à Paris, de petites rues tous les mois. On construit des bâtimens de manière à pouvoir assigner leur durée. Les uns doivent subsister trente ans, les autres quinze; quelquefois même au bout de quelques jours on voit tomber les plafonds; mais qu'importe à ces pères de famille qui mettent leurs biens à fonds perdu, que leur maison écroule après leur mort?

~~~~~

LES Parisiens ont une intempérance de langue qui les fait quelquefois parler avec la plus grande indiscrétion. Ils aiment à rire jusqu'à leurs propres dépens, comme on le voit par le trait suivant :

On avait préparé un beau feu d'artifice sur l'eau devant le ci-devant collége Mazarin, pour célébrer la naissance d'un de nos princes; mais la nouvelle de la bataille d'Hochstet fit remettre les réjouissances à un autre tems; ce qui fut cause que l'on couvrit de toile cirée ce feu

pour en conserver l'artifice. Il passa par
là deux bons bourgeois de la rue Saint-
Denis, qui s'arrêtèrent pour le regarder
avec attention : «Pourquoi, dit l'un d'eux,
« a-t-on emballé ainsi ce feu ? — *Ne*
« *vois-tu pas*, répondit l'autre, *que c'est*
« *pour l'envoyer à Vienne ?*

~~~~~

LES FAIBLESSES D'UN MARI PARISIEN.

MAIRRE Gervais voulait tuer sa femme
Dans le transport d'un aveugle courroux.
Pardon, pardon, disait la bonne dame.
Point de pardon, répondait son époux.
Mon cher mari, par notre antique flamme,
Nos enfans, fruit d'un hymen si doux...
Il faut mourir, gueuse, traîtresse, infâme ;
Votre *in manus*, allons, vite, à genoux...
Mon cher mari, par cette soupe aux choux....
Ah! sexe adroit, des faibles de notre âme
Qu'il est instruit !... ma femme, levez-vous.

~~~~~

A Paris, il n'y a que deux classes
d'hommes. Les uns songent à leurs affaires, et les autres à leurs plaisirs ; les

uns se tuent à travailler, les autres à jouir; on pourrait y ajouter une troisième classe qui est celle de ceux qui, sans travailler et sans chercher à jouir, ne songent à rien.

~~~~~

Le Parisien, philosophe par tempérament, non par réflexion, se modèle sur *Démocrite*. Ma foi, c'était un aimable homme, et non ce sombre *Diogène* qui se concentrait dans un tonneau; et non cet *Héraclite* qui, prenant le monde entier pour un mausolée, s'y fit donner la place de premier pleureur. J'aurais voulu les voir, dit un Parisien, ces deux êtres bizarres, au milieu de nos orgies. Ils auraient fini par donner à leur humeur farouche le ton du pays, où, comme des ours, on les eût fait danser.

~~~~~

Un plaisant ayant escamoté la carte d'un restaurateur pour en substituer une toute composée de ragoûts extravagans, tels que :

Chauve-souris aux oignons ;
Lézard aux petits pois ;
Serpent à la maître d'hôtel ;
Cuisse de cheval aux navets, etc., etc. ;
un provincial nouvellement débarqué,
tenant la chose pour réelle , s'écria plein
de fureur : « On m'avait bien dit qu'on
« ne faisait rien à Paris comme ailleurs,
« et que des modes ridicules avaient
« tout gâté , jusqu'à la manière de faire
« la cuisine. »

~~~~

Un étranger cherchait un jour sur la
carte de Paris l'hôtel où logeaient les
beaux esprits. *Vous les connaissez bien*
peu , dit un plaisant qui vint à passer,
si vous les croyez capables de vivre en-
tre eux. D'ailleurs les génies sont en
l'air.

~~~~

A Paris on ne vieillit point ; les douai-
rières , même les septuagénaires , ont
des grâces, et l'on pense avec raison
que si l'on est aimable à vingt ans, on
doit l'être quatre fois davantage à qua-

tre-vingts. Heureuse illusion qui con-
serve les robes couleur de rose aux
femmes décrépites (1) !

~~~~~

UNE Parisienne s'était fait peindre sous
la figure de l'Hiver : on mit ce quatrain
au bas de son portrait :

> Avec cette mine
> Et quinze ans,
> L'on est sous la martre et l'hermine,
> Le Printems.

~~~~~

UN danseur de l'Opéra, rentrant tout
essoufflé dans la coulisse, dit, en se jetant sur un siège : — Je n'en puis plus !
n'est-il pas un autre emploi qui m'enri-
chisse sans tant me fatiguer ? — *Eh bien !*
répondit Mlle Sophie Arnoult, *il faut
prendre l'emploi de cocu ; c'est la femme
qui en fait tout l'exercice.*

---

(1) En général, les femmes comptent leur âge
comme on compte les points au piquet. Arrivées à
trente ans, elles passent à soixante.

Un jeune médecin de Montpellier disait à une fille de Paris, qui avait une grosse fièvre : « J'ai une poudre spécifique pour les vierges. Si par hasard vous l'êtes encore, je vous guérirai sur l'heure. — Quel discours me tenez-vous là, dit la belle ? — Voulez-vous que je vous trompe, répond le jeune médecin ? ma poudre est spécifique pour les vierges, et elle nuit à celles qui ne le sont pas. C'est votre affaire, ajouta-t-il, en la quittant. La malade le rappelle : Donnez-moi, je vous en prie, lui dit-elle, quelque remède ; et si vous y mettez de votre poudre, n'en mettez pas beaucoup. »

~~~~~~

Un provincial, voyant qu'un de ses amis s'en faisait extrêmement accroire, à cause qu'il était Parisien, lui dit : « Hélas ! mon ami, tu n'as rien en cela « plus que les rats et les mouches de « Paris. »

~~~~~~

Sur le mur du corps de garde de la

barrière d'Enfer, du côté du chemin, on lit ces mots :

Barrière d'Enfer.

Et plus bas :

Entrée de Paris.

~~~~

LES DEUX VILLES,

Athène eut des vertus, *Paris* a du clinquant ;
 Et pour les comparer ensemble
 Je ne vois pas d'équivalent ;
 C'est par ses défauts seulement
 Si l'*Athénien* nous ressemble.

~~~~

Si *trois déménagemens*, comme le dit Franklin, *valent un incendie*, tous les Parisiens devraient être ruinés. Pour un oui, pour un non, on quitte son an- cienne habitation, pour courir dans une nouvelle que l'on croit plus com- mode, et qui finira aussi par être dé- laissée, à cause de ses prétendus désa- grémens. Les déménagemens successifs brisent et détruisent plus de meubles que

que le laps de tems. Aussi les fabricans et les marchands de meubles abondent-ils dans la capitale, où ils trouvent moyen de faire de bonnes affaires aux dépens des têtes légères qui ne se trouvent bien qu'où elles ne sont pas.

~~~~~~

Un vieux bourgeois de la rue Saint-Martin, étant à l'agonie, appela sa femme, et lui dit, qu'il serait content si elle lui donnait parole de ne point épouser certain officier qui lui avait donné tant de jalousie : *N'ayez pas peur,* répondit la femme, *j'ai donné parole à un autre.*

~~~~~~

Rivarol étant à Berlin, et questionné par une des plus grandes dames de cette ville, si les Parisiennes étaient réellement plus jolies que les Prussiennes, répondit à la princesse. « Ma-» dame, à Paris, on ne juge guère de » la beauté que par les yeux ; ici, au

Parisiana.   G

» contraire, c'est le cœur qui fixe les
» yeux. »

~~~~

UNE jeune Parisienne se promenant
un joür sur les bords de la Seine, se
sentit inspirée, et composa quelques
stances, où se trouvent les vers sui-
vans :

Ah! que cette rivière est magnifique et belle !
Et combien de plaisirs on éprouve au bord d'elle!

~~~~

UN jeune amoureux voulant faire
une déclaration d'amour à sa maitresse,
s'adressa à M. Charles Malo (1), ce fa-
vori d'Apollon et des Muses débuta par
cette métaphore :

Un beau teint dont la blancheur
Egale celle du lys !

_____

(1) Le premier poëte lyrique que la France pos-
sède aujourd'hui, dont les vers sont dans la bouche
de toutes les grisettes, et les productions en prose,
sur les quais, où elles reposent tranquillement au

—Ce n'est pas ça, monsieur reprit notre amoureux ; ma bonne amie n'est pas bouquetière ; elle est fruitière : mettez-lui donc : *celle de la coquille d'œuf.*

~~~~

Un bourgeois de Paris, passant sur le Pont-Neuf, à côté d'une demoiselle qui était fort maigre, dit assez haut pour qu'elle l'entendît : *Avec un tel fuseau, il ne faut plus que du chanvre ;* elle répliqua aussitôt : *Le plus mince aiguillon fait braire l'âne le plus robuste.*

~~~~

Une dame, voyant un joli couteau dans les mains d'un petit-maître parisien, voulait s'en emparer, « Ah ! madame, s'écrie le monsieur, je vous en supplie, ne m'en privez pas ! Ce cou-

---

soleil et à la poussière jusqu'à la résurection des morts.

G 2

teau vient de ma mère, et rien au monde ne pourrait m'en séparer ; j'y tiens
tellement que, l'ayant plusieurs fois
brisé, j'y ai déjà fait mettre *deux* lames
et *trois* manches, pour me mettre à
même de m'en servir habituellement.

~~~~~

Les Parisiens, dit le proverbe, *man-*
gent leur pain blanc avant le pain bis ;
il n'y a pas de pays où les enfans soient
élevés avec autant de molesse ; les jeunes gens, maîtres de trop bonne heure
de leur fortune, prennent leurs fantai-
sies pour des besoins, et ils ne se réveil-
lent de cette folie que dans l'âge où l'on
est incapable de réparer le vuide.

~~~~~

A Paris, on peut amasser beaucoup
de connaissances sans autres frais que
la société des savans, presque tous com-
municatifs ; aussi le baron d'Holberg
disait avec raison , *qu'à Paris il n'y*

*avait rien qui fût à meilleur marché que
la raison, ni rien de plus cher que la
folie.*

~~~~

L'on *embrasse* très facilement à Paris ; rien de si commun que cette marque extérieure d'affection. On *s'embrasse* dans les rues, dans les maisons.
Parmi la bourgeoisie, on court *embras-
ser* les femmes qui s'y attendent. Une
mère se présente, on la baise sur la
joue, et la fille n'a qu'une révérence.
Une autre fois on serre bien fort la
mère, pour avoir le droit de poser sa
joue contre celle de sa fille. On serait
autorisé, à voir toutes ces embrassades,
à présumer que le Parisien est très
chaud en amitié, et l'on se tromperait
fort ; car presque toujours l'homme qui
vous embrasse avec tant de zèle, n'est
ni ne peut être votre ami.

_____

G 3

ENTREPRISE DES INHUMATIONS.

DE toutes les entreprises en activité dans la capitale, la plus lucrative est celle des inhumations. Les entrepreneurs ne peuvent se tromper dans leur calcul, puisqu'ils calculent sur la mort, et qu'il est certain en dernier résultat que nous devons tous mourir. Comme les prêtres ne peuvent à Paris exercer leurs fonctions hors de l'église, on a réglé un mode uniforme pour rendre les derniers devoirs à chaque citoyen. Le pauvre comme le riche est assuré d'aller en carrosse après sa mort.

L'entreprise se charge de tout ce qui concerne le transport du défunt, soit à l'église, soit au cimetière; elle a des magasins considérables de voitures de deuil, de corbillards, de catafalques, de tentures unies ou brodées en argent, de bières en sapin, en chêne et en acajou : des cercueils de plomb pour les grands de la terre, et des écuries remplies de chevaux.

Cette entreprise, qui ne veut laisser aucun embarras à un héritier, fournit encore les billets d'enterrement, et se charge aussi de faire embaumer les corps (1); etc.

Malgré les prix fixés d'après un tarif, ceux pour les cérémonies de luxe sont arbitraires; ils varient selon le nombre et la qualité des chevaux, le nombre et la beauté des voitures, des draperies, et la hauteur des plumes qu'on désire avoir sur la tête des chevaux qui traînent le corbillard, etc.

Il est des convois qui coutent 6000 francs; plusieurs même vont jusqu'à

_____

(1) Nous doutons que les entrepreneurs des inhumations aient le secret d'embaumer les corps, comme le possédaient les Egyptiens; il n'en sera pas moins vrai que, s'ils ne sont pas des Egyptiens dans cette partie, ils sont au moins de bons calculateurs.

-10,000 francs , non compris les frais de l'église, qui sont une autre branche de comptabilité à part.

Il est du bon ton d'avoir quinze ou vingt voitures de deuil.

Il est prudent de faire son prix avec les entrepreneurs , et ne pas craindre dé marchander avec eux , qui n'hésitent jamais de demander toujours plus que moins , dans la crainte de se tromper.

Cet établissement compte sur des trépas périodiques ; il connaît les mois de l'année où la recette doit quadrupler. Les tems humides lui sont favorables, autant que le charlatanisme et l'ignorance des médecins. On doit présumer que ses calculs ne regardent que les riches , car les pauvres , qui n'ont intéressé personne pendant leur vie , n'intéressent point une entreprise qui est obligée de fournir *gratis* à l'indigent un cerceuil avec un linceuil (1).

_____

(1) On ne peut jouir de cette faveur que d'a-

MAITRES D'ARMES.

DANS une ville où les lumières de la philosophie ont fait les plus grands progrès, il n'est pas rare de rencontrer de ces individus dont l'unique métier est d'apprendre aux jeunes gens et aux militaires *à tuer proprement leur homme.* Ces messieurs, qui prétendent assez sottement que l'honneur est au bout de la pointe d'une épée, sont faciles à reconnaître, à leur démarche hautaine, à leur regard fixe et insolent, et surtout à cette jactance ridicule qui semble vous dire : Par mon adresse, je suis maître de votre vie ; considérez-moi , car je suis un personnage important, et sans lequel l'honneur et le courage ne sont plus qu'un mot.

La plupart de ces maîtres ont des

---

près un certificat d'indigence de la municipalité, qui ne s'obtient qu'avec beaucoup de difficulté.

salles d'armes, où ils développent les principes de leur art meurtrier, avec une gravité et un sang froid plus digne de pitié que d'admiration. C'est là que se rendent cette foule de jeune fous et de militaires, dont le véritable courage n'est pas le première vertu, et qui finissent toujours par devenir des spadassins, et des *souteneurs* de tripots de jeux, et de filles.

Ces prévôts de salles d'armes, qui savent calculer leurs intérêts aussi bien que l'escompteur le plus délié, ne s'avisent jamais d'endoctriner à la hâte leurs élèves. Après les avoir amusés pendant quelque tems à ferrailler à tort et à travers, il leur promettent de jour en jour de leur apprendre les derniers secrets de leur art, et surtout la *botte secrette*.

Qu'est-ce que la *botte secrette*? c'est une botte à la quelle votre adversaire ne s'attend pas, et que même trè-souvent il ne connaît point; alors on est sûr d'expédier son homme, sans coup férir; ce qui est très agréable pour de faux braves qui suppléent par l'adresse à ce qui leur manque du côté du cœur.

~~~~~~~

COMPILATEURS.

PARIS, lui seul, renferme en son sein plus de compilateurs que la France entière. Allez dans les bibliothèques publiques, entrez dans les cabinets littéraires, vous y verrez un essaim de ces personnes laborieuses, qui ont la singulière manie de faire des livres avec les pensées des autres, sans jamais y mettre rien des leurs ; aussi ont-ils en même tems la rare modestie d'avouer leurs larcins, et même de s'en faire gloire ; bien différens de ces plagiaires de profession, qui font le dégât dans les bons livres, et transcrivent avec la plus grande bonhomie ce qui s'y trouve a leur bienséance.

Une plume, du papier, de l'encre, et surtout une bonne paire de ciseaux, voilà les armes offensives avec lesquelles

ils mettent en lambeaux les morts et
quelquefois aussi les vivans. Ces lambeaux mis à la suite les uns des autres,
forment ce qu'on appelle un livre qui,
semblable à ces insectes éphémères, qui
naissent à la lumière pour la perdre
quelques instans après, va terminer sa
frêle existence sur le comptoir d'un
épicier, ou sur les planches d'une beur-
rière.

« De tous les auteurs, dit un des
plus célèbres écrivains du 18e siècle, il
n'y en a point que je méprise plus que
les compilateurs, qui vont de tous côtés
chercher des lambeaux des ouvrages
des autres, qu'ils placent dans les leurs,
comme des pièces de gazon dans un par-
terre ; ils ne sont point au-dessus de
ces ouvriers d'imprimerie, qui rangent
des caractères qui, combinés ensemble,
font un livre où ils n'ont fourni que la
main. Je voudrais qu'on respectât les
livres originaux, et il me semble que
c'est une espèce de profanation de tirer
les pièces qui les composent du sanctuaire

tuaire où elles sont, pour les exposer à un mépris qu'elles ne méritent point. Quand un homme n'a rien à dire de nouveau, que ne se tait-il ! Qu'a-t-on à faire de ces doubles emplois ? — Mais je veux donner un nouvel ordre. — Vous êtes un habile homme ; c'est-à-dire, que vous venez dans une bibliothèque, et vous mettez en bas les livres qui sont en haut, et en haut ceux qui sont en bas; vous avez fait un chef-d'œuvre. »

On ne conçoit pas trop la raison de mépriser un homme, qui s'amuse à copier des lambeaux de divers ouvrages, pour en faire un autre. Ce passe-tems en vaut bien un autre ; le mépris est fait pour les sots, les fats et les gens vicieux: au reste, ce compilateur, sur la tête duquel on veut appeller le mépris, est plus utile au commerce qu'un bon auteur qui donnera au public un petit in-12, qui lui aura coûté dix ans de travail, tandis que notre copiste aura publié trente ou quarante volumes qui auront consommé 15 ou 20 mille rames de

Parisiana.   **H**

papier, employé 1000 à 1500 ouvriers ;
depuis le chiffonnier jusqu'au libraire ;
qui vendra les 40 volumes, ou les mettra
à la rame pour le service journalier des
marchands.

Voltaire, qui avait la misérable habi-
tude de se moquer de tout le monde, et
surtout des compilateurs, et qui disait
en parlant de l'abbé Trublet :

Il compilait, compilait, compilait.

fut lui-même compilateur et plagiaire.

Comme il n'est guère possible aujour-
d'hui de dire quelque chose de nouveau,
presque tous nos auteurs modernes,
peuvent être taxés, sans partialité, de
répéter en termes plus élégans ce qui
a été dit cent ou cinquante ans avant eux
en termes plus simples et moins choisis;
mais aussi chacun d'eux peut-il ré-
pondre, à l'égard de l'antiquité qu'il
a mise à contribution :

Que ne venait-elle après moi,
J'aurais dit la chose avant elle ?

Jadis on a compilé, on compile aujour-

d'hui et on compilera jusqu'à la consom-
mation des siècles , à la grande satis-
faction des papetiers , des imprimeurs ,
des brocheurs , et des libraires , et de
tous ceux qui employent le papier noirci
à envelopper les marchandises , et à
habiller le poivre et la canelle.

DES MAÇONS.

Six heures sonnent , et soudain le
marteau et la truelle tombent des mains
des maçons; une inaction spontanée s'em-
pare de tous , depuis celui qui travaille
sur la plus haute tour , jusqu'à celui qui
pose la première pierre dans les fonde-
mens d'un édifice ou d'une maison. Ils
partent par bandes de quinze à vingt ,
le sac de toile sous le bras , et parlant
un langage que l'on croit le limosin ou
l'auvergnat , mais que plusieurs savans
présument être celui d'anciens peuples
du nord (1).

(1) L'académie celtique, dont l'importante étude
est de plonger dans la nuit des tems , et dont les

Graces soient rendues au marteau et
à la truelle. C'est à l'aide de ces deux
outils que se sont élevés ces dômes
audacieux qui se perdent dans les nues;
cette série immense de maisons qui a
sept lieues de circuit; cette muraille,
étonnante merveille, qui met la Chine
à l'abri des incursions des Tartares, et
cette autre muraille qui enferme Paris,
construite à grands frais par les anciens
fermiers généraux pour éviter la contre-
bande; c'est avec le marteau et la truelle
qu'on a consolidé des masses de pierre
sur les fleuves les plus rapides, qu'on a
cimenté la superbe colonnade du Louvre,
et tous ces chefs-d'œuvres d'architecture,
qui feront l'admiration de tous les
siècles.

---

recherches profondes nous ont appris beaucoup de
choses à peu près inutiles, s'occupe en ce moment à
composer une grammaire et un dictionnaire, à l'aide
desquels elle prouvera par $A + B \times C$, que le
jargon des Limosins et des Auvergnats tire son origine du bas-breton, qui était la langue qu'Adam
et Eve parlaient dans le paradis terrestre.

Dans une ville où l'on s'occupe beaucoup plus à construire qu'à démolir, le métier de maçon et surtout de maître-maçon est très lucratif. Les mémoires de ce dernier, qui n'a jamais étudié, et qui ne connaît même aucune figure de rhétorique, sont remarquables par l'*amplification*. Pour lui les pierres se changent en or ; cet or se convertira bientôt en nouvelles pierres, qui, placées les unes sur les autres, formeront de nouveaux édifices ou de nouvelles maisons, dont la vente ou la location deviendra pour le propriétaire les mines du Pérou ou du Potosi.

Un Parisien qui veut placer son argent, n'achète ni terres, ni prés, ni bois. L'intérêt sur ces immeubles est trop modique. Une maison vaut beaucoup mieux, et produit davantage, malgré les réparations qu'elle demande. Ce sont ces réparations presque toujours à moitié faites et qui se renouvellent assez souvent, qui enrichissent le maître-maçon.

Ce maître-maçon qui a commencé par porter l'oiseau, et qui a manié en-

H 3

suite le marteau et la truelle, rejettera
loin de lui ces vils outils, et, armé
d'une double toise, il ira mesurer l'ouvrage, rédigera ou fera rédiger des mémoires où il surfera pour le moins de
5o pour $\frac{2}{0}$, achetera des maisons, et
fera bientôt un homme riche, sans lequel il ne se fera plus de grosses entreprises.

QUEL est l'écrivain qui pourait dé-
crire avec une exactitude scrupuleuse
les mœurs et les usages d'une cité dont
les nombreux habitans se trouvent plutôt rassemblés par des rapports d'intérêts ou le goût des plaisirs que par les
liens si doux de la parenté ou de l'at-
tachement au sol qui les vit naître ? qui
pourrait saisir avec sagacité ces nuances presqu'imperceptibles qui différen-
cient le ton, le langage et les inclina-
tions de cette foule immense d'individus
qui s'agitent en tout sens sur une petite étendue de terrain ?

Dans cette ville, chaque classe de la société, chaque profession, chaque quartier, chaque famille a ses habitudes qui lui sont particulières, et les isolent l'une de l'autre. Le vernis brillant d'une politesse recherchée, qu'on devrait plutôt taxer d'une fausseté étudiée, y couvre les vices les plus odieux, et l'humble vertu s'y dérobe aux regards. Là, l'homme laborieux vit à côté du sybarite gorgé d'or et rassasié de jouissances, qui ne sait comment dépenser le cours de son inutile existence. Une foule immense, incessamment s'agite et tourbillonne pour y accumuler des trésors : peu délicate sur les moyens de les acquérir, elle emploie l'astuce, l'effronterie, la bassesse et souvent la mauvaise foi pour y parvenir.

La constitution des personnes qui naissent à Paris, est naturellement saine, leur taille avantageuse ; leur teint est blanc ; les femmes possèdent des charmes et des grâces qui embellissent leur amabilité.

Le Parisien est industrieux et inventif, bon et doux, curieux, enthousiaste et inconstant, spirituel et d'un goût exquis, mais satirique : il est frivole, esclave de la mode, ami du luxe et avide de plaisir. Naturellement brave, son courage dégénère en férocité, s'il est mal dirigé; sa crédulité l'entraîne facilement à des excès coupables. Vivant tout entier dans le moment présent, il oublie aisément ses chagrins et ses peines, s'en console par des chansons, et sa gaîté ne lui permet point de songer à l'avenir.

La conversation de la haute société est fine, délicate, et polie; le savoir des hommes profondément instruits est sans morgue et communicatif.

On retrouve encore de la bonhomie et de la vertu dans la classe moyenne, parce qu'avec le travail elle chasse les vices et le besoin.

Un étranger, doué d'un esprit observateur, qui voudrait comparer le bourgeois du Marais et de l'île St-Louis, le marchand du quartier St-Martin et St.-Denis et le fabricant du fauxbourg St.-Antoine ou de St.-Marcel , avec les habitans du Palais-Royal et de la Chaussée d'Antin; la société des financiers à celle des savans ; les journées laborieuses des ouvriers avec les occupations futiles des jeunes gens à la mode , recueillerait des traits piquans , et remarquerait des contrastes saillans qui lui feraient démêler et reconnaître les nuances diverses qui caractérisent chacune des classes de la société de la capitale.

On ne fait plus maintenant à Paris , dans ce qu'on appelle le grand monde , qu'un repas vers les cinq ou six heures du soir (1); c'est le moment de la fermeture des bureaux et de la cessation des affaires. L'heure des spectacles est

---

(1) Ce repas a été précédé , sur les onze heures ou midi, d'un copieux déjeûner à la fourchette , qui pourrait passer pour un bon dîner.

retardée jusqu'à sept heures et rare-
ment ils finissent avant onze heures.

~~~~

Un homme encore dans la force de
son âge, était marié depuis quatre ou
cinq ans avec une femme aimable, sage,
qu'il aimait et dont il était chéri; il la
trouva un jour de grande fête dans un
négligé de dévote qui lui plut infiniment.
Il le lui dit en termes si tendres et si
vifs, que la Dame, se rappellant la sain-
teté du jour, en fut alarmée. Elle lui ex-
posa avec douceur la cause de son refus.
Le mari n'en fit aucun cas, redoubla
ses empressemens, mais elle s'arracha
de ses bras, et s'échappa pour aller à
vêpres. Quatre mois ou environ après
cette scène, la Dame étant à sa toilette,
avec Agathe (c'était le nom de sa femme-
de-chambre qui la coiffait en ce moment),
elle fut surprise en reculant son fauteuil,
dont l'angle avait touché assez légère-
rement cette fille, de lui voir faire une
grimace extraordinaire. Elle la regarda

fixement, Agathe rougit. La Dame l'exa-
minant alors avec plus d'attention : Agathe, dit-elle, je crois que vous êtes
grosse? Cette fille, interdite, gardait le
silence. Mais répondez-moi donc. Eh
bien, lui dit Agathe, vous l'êtes bien,
vous, Madame. — Mais je suis mariée;
il y a bien de la différence de vous à
moi. — Non, Madame, qui a fait l'un a
fait l'autre. Et elle se retira sur-le-champ.
La Dame resta quelque tems comme
immobile de surprise, et attendit son
mari avec la dernière impatience. Il
arriva. Monsieur, lui dit-elle, rendez-
nous raison d'un discours qu'Agathe
vient de me tenir. Alors elle lui répéta
tout ce qui s'était passé à sa toilette. Ma
femme, répondit le mari, cette pauvre
fille n'a pas tort, et vous seule êtes la
cause de son aventure. — Moi la cause,
y pensez-vous? Oui, vous. Vous sou-
vient-il du jour, où, sans vouloir m'é-
couter, quelque effort que je fisse pour
vous convaincre de mon amour, vous
me rebutâtes, vous m'échappâtes pour

courir à vêpres ? Eh bien ma femme, à
peine fûtes-vous sortie, je trouvai Agathe
sous ma main, elle me parut gentille, je
ne lui donnai pas le tems de se reconnaître, sa résistance fut vaine. — Je
vous entends, Monsieur, je vous entends, je ne vous aurais jamais cru capable d'une telle violence. — On est capable
de tout, Madame, dans certain moment :
mais écoutez jusqu'au bout. La pauvre
malheureuse, revenue à elle, gémit,
pleura, me fit des reproches sanglans. Je
tâchai de la calmer en lui donnant dix
louis et en l'assurant que je la mettrais à
l'abri des inquiétudes que pourraient lui
causer les suites de cette aveuture. Depuis ce tems elle m'a toujours fui, et a
soigneusement évité de se trouver seule
avec moi. Voilà la vérité. Si j'ai tort, vous
l'avez aussi. Ainsi nous sommes vous et
moi dans l'obligation d'avoir soin d'elle
et de l'enfant qu'elle porte. Pendant tout
le discours du mari, la Dame, tenant sa
tête à deux mains, paraissait abîmée de
douleur ; les larmes suecèdent en abon-
dance

dance à l'espèce d'anéantissement où elle était plongée; et sortant tout-à-coup de ses rêveries, elle se précipita dans les bras de son mari : Mon cher ami, lui dit-elle, je reconnais mon tort; je vois dans ce moment le danger qu'il y a de ne pas se prêter aux désirs légitimes d'un mari qui nous aime. Je te promets, je te jure dorénavant de ne te refuser jamais. Faisons du bien à Agathe; mais qu'elle ne reste pas dans la maison. Cela est juste, ma chère femme, dit le mari en l'embrassant, pardonnons-nous réciproquement notre faute, et pendant qu'on ira chercher le notaire, donne-moi des preuves de ton repentir. Cependant le notaire arriva; on donna à Agathe quatre cents livres de pension, autant pour l'enfant qu'elle portait, réversible à la mère en cas de décès, et quatre mille livres d'argent comptant. Agathe confuse et contente se jetta aux pieds de ses maîtres, et se retira avec ses quatre mille livres en or et son contrat.

Parisiana.

Un vieux procureur de Paris avoit une femme jeune et belle, qui devint amoureuse de son clerc, qui était un beau jeune homme; celui-ci s'aperçut en peu de tems de la bonne volonté que sa maîtresse avait pour lui. Comme il écrivait un jour quelques dépêches, pendant que le procureur n'y était pas, cette jeune femme vint folâtrer à l'entour de lui, et lui poussait souvent le bras pour le faire manquer; le jeune homme la repoussa légèrement deux ou trois fois, mais elle revenait toujours. Le jeune clerc voyant où elle voulait en venir, la poussa de nouveau, et faisant sur le plancher une trace avec du charbon, lui dit : Si vous passez cette marque, je vous jure que je vous jeterai sur ce lit, où je vous ferai tant de mal, que vous n'aurez pas envie de m'en faire de long-tems. La jeune dame, qui ne cherchait autre chose, dit : Je le voudrais bien voir, et disant cela, passa la marque que le clerc avait faite. Celui-ci voyant

qu'elle était bien décidée, la jeta sur
le lit. Il y avait là un petit-fils du procureur qui avait été témoin de toutes
leurs singeries ; le procureur de retour,
allant pour donner à écrire à son clerc,
quand il fut près de la marque, le petit
cria : Mon père, ne passez point cette
marque , parce que notre clerc vous
ferait ce qu'il a fait à ma mère, qui l'a
voulu passer, car il l'a prise, et l'a tenue
plus d'une heure sur notre lit.

~~~~

Un Parisien, avait l'humeur si bisarre,
que sa femme malgré sa bonne volonté ,
n'avait jamais pu le contenter en sa vie,
car il trouvait à redire à tout ce qu'elle
faisait , toujours à dessein de la contra-
rier. Si elle lui donnait du noir, il voulait du blanc ; si elle lui donnait du
dur, il voulait du mou ; et au contraire,
si elle lui donnait du mou, il voulait du
dur, de sorte qu'ils étaient tous les jours
en querelle. Il arriva qu'un vendredi il
vient l'après-dînée au logis, apporte un

grand brochet pour le souper ; disant
seulement à la servante : Qu'on m'accommode ce poisson pour mon souper ;
et s'en retourne aussitôt. La servante
donne ce poisson à sa maîtresse , qui lui
demande à quelle sauce il avait com-
mandé qu'on le lui accommodât : elle
dit qu'il n'en avait point parlé. Ah , dit-
elle , nous voilà perdues , si nous atten-
dons qu'il soit venu pour savoir de lui
comment il veut qu'on l'accommode, il
brisera tout ici s'il ne trouve pas son
souper prêt. Si je le mets bouillir , il le
voudra rôti, si je le mets rôtir, il le voudra à l'étuvée; si je le mets au court
bouillon , il le voudra en fricassée ; de
façon que je ne saurais éviter sa colère ,
d'être injuriée, et peut-être battue. La
servante la voyant désolée, lui dit : Madame , vous voilà bien embarrassée, le
poisson est grand, il y en a pour repaî-
tre une demi douzaine comme lui ; cou-
pez-le en cinq ou six morceaux , et les
accommodez tous à différentes sauces.
Elle trouva cet expédient très-bon. Elles

se mirent donc à cuisiner l'une et l'autre, et en font un morceau bouilli, un
autre frit, un autre à l'étuvée, un autre
rôti, et un autre au court bouillon, afin
qu'il en trouvât de quelque façon qu'il
pût demander. Pendant qu'elles faisaient
leur cuisine, son petit enfant pleurait sur
la table où on l'avait mis; mais n'ayant
pas le loisir de prendre garde à ce qu'il
voulait, elle aimait mieux l'entendre
crier que le père : toutes leurs sauces
faites, elles ôtèrent l'enfant pour couvrir
la table, elles trouvèrent qu'il avait fait
caca sur le tapis. N'ayant pas le loisir de
nettoyer sur l'heure, elles ôtent le tapis
en l'état qu'il était, et le mettent sur un
coffre, parce que l'heure du souper arri-
vait, et qu'elles craignaient d'être sur-
prises par le maître, à qui elles voulaient
ôter tout sujet de crier. A peine le cou-
vert fut-il mis, que son mari arrive, qui,
en entrant, demande : Le souper est-il
prêt? Oui, lui répondit-elle, il est tout
prêt. Qu'a-t-on accommodé pour souper,
dit-il assez rudement? On a accommodé

I 3

lui répondit-elle, le poisson que tu as
apporté. A quelle sauce l'a-t-on mis,
dit-il? Je l'ai mis bouillir, dit-elle. Je ne
le voulais pas bouilli, répondit-il en
colère. Comment le voulais-tu donc?
Frit, répondit-il; tiens, dit-elle, en lui
présentant le plat qui était frit, en voilà
du frit. Lui qui ne cherchait que les
occasions de crier, lui dit en grondant:
Je ne le voulais pas frit, moi. Comment
donc le voulais-tu, dit-elle? Je le voulais à l'étuvée. Tiens, lui dit-elle, en
voilà à l'étuvée, et lui présente le plat
qu'elle y avait mis; mais, tout de suite
il répond : je ne voulais pas à l'étuvée,
moi. Comment donc le voulais-tu, lui
dit-elle? Je le voulais au court bouillon, répartit-il. Tiens, lui dit-elle,
en voilà au court bouillon comme tu le
demandes. Voyant qu'on lui donnait
tout ce qu'il demandait, il se mit en une
telle colère de ce qu'il n'avait pas un
juste sujet de crier, qu'il pensa s'en dé-
sespérer; et jetant le plat au loin, dit:
Je ne le voulais pas au court bouillon,

moi. Et que diable veux-tu donc , dit-
elle? Lui ne sachant que répartir , lui
dit : Je veux de la m.... Elle déployant
le tapis où l'enfant avait fait caca , lui
dit : Tiens en voilà. Notre homme, tout
en colère qu'il était , ne se put tenir de
rire ; et par ce moyen , elle fit avouer
que cette seule fois, elle l'avait contenté,
lui ayant donné sur le champ tout ce
qu'il avait désiré.

~~~~

TABLEAU D'UNE JOURNÉE DE PARIS.

TANDIS que le calme règne dans les
quartiers opulens , que l'ouvrier se re-
pose des fatigues d'une pénible journée;
à la lueur des lanternes à demi éteintes,
six mille paysans arrivent conduisant à
la halle des charettes chargées de légu-
mes et de fruits; le maraîcher y vient
courbé sous des monceaux d'herbes po-
tagères, fruit de ses sueurs et de ses con-
tinuels travaux.

Un marché nocturne commence, où se vendent en gros les denrées qui alimenteront dans le jour les marchés de détail de la capitale.

Bientôt suivent les voitures de marée, de beurre et d'œufs, tandis que la vallée se garnit de volailles et de gibier.

La vente en gros cesse à neuf heures; les paysans regagnent leurs villages pour revenir le lendemain, laissant les halles, pour le restant de la journée, aux marchandes en détail.

L'aube du jour paraît, les charrettes des laitières devancent les lourdes voitures des rouliers, succombant sous le poids énorme des marchandises qu'elles conduisent dans la capitale; leurs files, qui se succèdent, se croisent avec les pesantes diligences, qui roulent avec fracas sur le pavé, sur lequel elles laissent des traces de leur passage.

Alors l'ouvrier s'arrache de sa couche. A six heures l'activité renaît dans tous les ateliers; à neuf heures les ouvriers interrompent leur travail pour déjeû-

ner, et à deux pour le dîner, et le con-
tinuent jusqu'à six pour les journaliers
employés dans les bâtimens, et à huit
pour ceux occupés dans les fabriques.

Le marchand, qui autrefois étalait
deux heures avant le jour, commence
maintenant à ouvrir sa boutique à six
heures en été dans les quartiers les plus
populeux ; les chantiers et les ports sont
ouverts, l'activité du commerce de détail est universelle.

Les élèves de médecine et de chirur-
gie les ont précédés ; dès cinq heures,
ils se rendent dans les hôpitaux pour y
chercher des exemples à l'appui des savantes leçons des maîtres de l'art, et venir en suite puiser la théorie de l'art de
guérir dans les préceptes des professeurs habiles de l'école de Médecine.

A huit heures une foule d'élèves des
lycés et des colléges encombrent les
rues de la Harpe et St.-Jacques, pour
aller écouter pendant deux heures les
leçons de leurs professeurs, qu'ils viennent encore entendre à deux heures.

Les étudians en droit, les cinq codes

sous le bras, vont à l'école de Droit, apprendre les élémens de jurisprudence et l'art d'embrouiller les affaires.

Les bibliothèques ét les musées se remplissent à dix heures d'hommes studieux, de plagiaires et de compilateurs, qui mettent à contribution la science et l'espiit des morts , pour la plus grande gloire de la littérature.

Dès huit heures, les avocats, les avoués, les notaires , les huissiers ont ouvert leurs cabinets pour recevoir leurs cliens.

A neuf heures, les cours et les tribunaux ouvrent successivement leurs audiences ; tous les suppôts de la chicane se rendent au palais ; à midi la grande salle est obstruée, par les avocats, les avoués et les plaideurs.

Tout ce mouvement commencé dès l'aube du jour dans les quartiers populeux, se communique seulement quelques heures plus tard dans les environs du Palais-Royal et de la chaussée d'Antin.

A huit heures , tout est en repos dans la rue Vivienne.

A neuf heures, les employés et les

machines à plume, se rendent à pas
lents dans leurs bureaux : le négociant
et le banquier prennent place à leurs
comptoirs pour méditer les spéculations,
les accaparemens et les désastres
qu'ils réaliseront à deux heures à la
bourse, et pour expédier leurs affaires;
les courtiers vont prendre les ordres de
leurs commettans ; les garçons de cais-
se, l'énorme sacoche sur le dos, courent
faire la recette du jour ; une foule d'affaires se concluent tant bien que mal,
tandis que la multitude des solliciteurs,
après avoir été implorer la bienveillance
de leurs patrons, vient assiéger les audiences des ministres, et faire retentir
les bureaux de ses demandes.

Cette activité dure jusqu'à quatre
heures que se ferment tout-à-la fois les
les bureaux, les tribunaux, les caisses,
et que cessent en même tems toutes les
affaires importantes. Dès lors on s'aban-
donne au repos, et on ne s'occupe plus
que de plaisirs. Le bourgeois dîne gaî-
ment en famille; les grands et les riches
se rendent en voiture à des dîners splen-

dides. La foule des étrangers et des cé-
libataires se pressent chez les restaurateurs et traiteurs, où ils se mettent au
fait des anecdotes du jour, du tarif de
la roulette, et du cours de la bourse.

Bientôt les théâtres, les spectacles,
les cafés se remplissent; ces amusemens
durent jusqu'à onze heures. Les bou-
tiques, closes depuis neuf heures dans
les quartiers éloignés du centre des
plaisirs, sont alors partout exactement
fermées. Le paisible citadin rentre pai-
siblement dans sa demeure, abandon-
nant la ville aux bruyans équipages des
gens du bon ton, qui, vivant durant le
jour dans le désœuvrement le plus com-
plet, prolongent leurs pénibles veilles
dans des bals, des parties de jeu, et de
futiles plaisirs, sans jamais trouver le
bonheur et les véritables jouissances ré-
servées à un travail modéré, à l'a-
mour de la science et à l'exercice des
vertus.

www.ingramcontent.com/pod-product-compliance
Lightning Source LLC
Chambersburg PA
CBHW071103260626
47162CB00006B/2191